Metaré Hauptvogel

EIERLOCH!

short story

Impressum

Text, Cover sowie Eierloch:
Metaré Hauptvogel©

Layout und Gestaltung:
Siegfried Jendrychowski, JS Concept Grafik GmbH,
Nidda, www.js-concept.de
Herstellung und Verlag:
BoD- Books on Demand, Norderstedt
ISBN: 978-3-7519-7341-0

Das Bild für das Cover habe ich so gestaltet, dass es die Geschichte vom EIERLOCH! bildhaft erzählt. Mein Mann Siegfried Jendrychowski hat sowohl meinem Bild als auch meinem Text mit seiner fachlichen Kenntnis und Tatkraft ein wunderschönes Layout gegeben. Das kleine Eierloch skizzierte ich während einer Unterhaltung. Auch diesem hat er grafisch in dem Büchlein das Laufen gelehrt.

Ein riesiges Danke an Dich!

5

Es war einmal ein kleines, idyllisches Dorf mit einer uralten Kirche in den grünen Hügeln am Rande des Vogelsberges. Dort wohnten genau 253 Menschen, 378 Kühe, 99 Schafe, 67 Pferde sowie jede Menge Hunde, Katzen und Hühner. Dieses Dorf hatte auch einen Kindergarten, und dort ging es immer ziemlich turbulent zu.

Eines Vormittages, als die Türen geöffnet und die Kinder zum Spielen in den Hof gelassen wurden, stürmte Malte die Stufen hinab, rannte dreimal um den Hof herum und sprang dann brüllend in den Sandkasten, wo schon Jule, Becka und Dennis saßen, Burgen bauten und Sandkuchen formten. Sand spritzte auf, die Kinder kreischten, Malte schrie und schlug sich mit beiden Fäusten auf die Brust.

Nur Dennis, der mit einem roten Schäufelchen herum schippte, zeigte sich unbeeindruckt und häufte grinsend Sand auf Maltes Schuhe.

Als Malte genug gebrüllt hatte, bemerkte er, dass der doofe Dennis ihm die Füße eingegraben hatte und mit seinem Schippchen auf seine Füße einhackte. Wütend zog Malte die Füße aus den Sandhaufen und forderte lautstark das rote Schäufelchen ein. Natürlich gab Dennis seine Schaufelwaffe nicht freiwillig her. Malte wollte ihm das begehrte Ding entreißen. Dennis schrie lauthals.

Es gab eine ungestüme Rauferei. Schließlich entriss der stärkere Malte dem quiekenden Dennis die Schaufel, haute sie ihm auf den Kopf, rief triumphierend: „Du Eierloch!" und rannte davon.

Dennis stampfte heulend hinter Malte her, der laut rufend immer im Kreis herum sauste und dabei in Dauerschleife einen Schlachtruf intonierte: „Fang mich doch, Du Eierloch! Fang mich doch, Du Eierloch!" Und immer so weiter.

Schließlich fingen die Kindergärtnerinnen die beiden Streithähne ein, wobei Dennis jaulend Malte anklagte. Der hielt mit beiden Fäusten die rote Schippe fest umklammert und schimpfte weiter wütend vor sich hin: „Du Eierloch!"

Die Leiterin des Kindergartens sah sich veranlasst, Malte von seiner Mutter abholen zu lassen.

Aber Malte hatte einen neuen Trend geschaffen.

Von nun an fuhren die Mädels und Jungs des Kindergartens auf ihren kleinen Dreirädchen im Kreis und intonierten dabei mehrstimmig Maltes Sing-Sang: „Fang mich doch, Du Eierloch! Fang mich doch, Du Eierloch!"

Und immer so weiter.

15

Als Teenie war Malte bei seinen Lehrern gefürchtet. Hochintelligent, hochempathisch, aber knallhart auf Kontra. Er hatte die Fähigkeit, einen Menschen anzuschauen und ihm gleich bis auf den Grund der Seele zu blicken. Und gnadenlos legte er sofort den Finger auf den Schwachpunkt seines Gegenübers und drückte zu.

Wenn ihn der Unterricht langweilte, der Lehrer aber trotzdem auf einer ausführlichen Antwort bestand, weil Malte oftmals nur eine kryptisch zusammen gefasste Essenz eines Sachverhaltes von sich gab, sah er den Lehrer mit unverhohlener Verachtung an, lehnte sich zurück und fing an zu singen:

„Frère Jacques, Frère Jacques, dormez-vous, dormez-vous? Sonnez les matines, sonnez les matines, Ding, ding, dong. Ding, ding, dong."

Leider war kein einziger seiner Lehrer in der Lage, ihm in Sachen Intelligenz, Frechheit und Schlagfertigkeit das Wasser reichen zu können. Und ebenso erging es seinen Mitschülern.

Freunde, fand Malte, waren völlig überbewertet und die meisten seiner Mitmenschen eher unterbelichtet …

In der Klasse saß er neben dem Lieblingsfeind seiner Kindergartenzeit. Dennis. Dennis mit zwei „n". Aus irgendeinem unerfindlichen Grund hing ihm dieser Kerl ständig auf der Pelle. Und ständig nervte er wegen irgendwas.

Vor den beiden saß Jule mit ihrer Freundin Becka in der Bank. Malte schaute auf Jules golden schimmernden Lockenkopf und träumte sich wieder zu dem Moment unter dem Lindenbaum, als er und Jule sich küssten. Die warme Sonne, die sich während dieses wundervollen Augenblicks in ihm ausgebreitet hatte, schien auch jetzt wieder in seinem Herzen.

Dennis hatte ein besonderes Talent, Maltes wenige, ruhige Momente zum Platzen zu bringen. Gerade schob er ihm ein Kügelchen Shit über den Tisch und grinste breit.

Igitt! Das warme Gefühl in Maltes Herz erlosch augenblicklich. Und mit Drogen hatte er sowieso nix am Hut. Wahrscheinlich fand Dennis sich auch noch besonders großzügig.

„Behalt Deinen Scheiß", zischte er ihm zu und schob das Kügelchen zurück.

„Nö, Alter, is gutes Zeug."

„Ich will's aber nich." Langsam wurde Malte ärgerlich.

„Doch, nimm und entspann Dich mal."

„Verdammt, Dennis! Was an: ‚Ich will es nicht' hast Du nicht verstanden?"

Dennis grinste dämlich: „Nich kommt nich an. Also willst Du's …"

Maltes ohnehin dünner Geduldsfaden riss. Er nahm seine vor ihm liegende rote Kladde und haute sie Dennis auf den Kopf. „Du Eierloch!"

Die Klasse brüllte vor Lachen, der Lehrer kam angerast, um die beiden Streithähne zur Räson zu bringen, fing sich aber vom tobenden Malte ebenfalls eine mit der Kladde ein.

Diese Aktion, das shit-piece und das Geschrei von Dennis ließen die beiden beim Schuldirektor landen.

Dennis bekam auf seine heulende Jammervorstellung hin, in der er das Opfer war, einen mündlichen Verweis.

Malte, der hinlänglich als Sonderling und Störenfried bekannt war, bekam eine Mitteilung an seine Eltern, in der ihnen nahegelegt wurde, ihrem Sohn für das kommende Schuljahr eine „artgerechtere" Schule zu suchen.

Den Rest seiner Schulzeit verbrachte Malte in einem Internat für Hochbegabte.

25

Doch auch im Internat passte Malte in keine Gruppe und in kein Team. Die einzige Gruppe, in der er sich einigermaßen wohl fühlte, war die Aikido-AG. Und er legte ein hervorragendes Abitur ab. Aufgrund seiner exzellenten Noten konnte er sich Studium und Studienort aussuchen.

Malte wählte die renommierte Humboldt-Universität zu Berlin, um Wirtschaftswissenschaften zu studieren. Berlin - weit genug vom miefigen Zuhause, weit genug von Menschen, die ihn sein Leben lang kannten. Berlin war ja schließlich berühmt für Offenheit und „freche Schnauze".

Und das Allerbeste war, dass seine Schülerliebe zu Jule die Zeit im Internat überstanden hatte. Sie hatte an der heimischen Schule ihr Abitur gemacht, und nun ging sie mit ihm, um an der Berliner Filmschule zu studieren.

Sie wohnten zusammen in einer winzigen Altbauwohnung. Während Malte sein Studium locker absolvierte, fokussierte sich Jule auf die grundlegenden Bereiche des Filmemachens: Drehbuch, Bildgestaltung, Regie und Produktion sowie Montage, Bild und Ton. Durch ihre Tierliebe hatte sie zudem einen besonderen Schwerpunkt gefunden – Tierdokumentationen.

Bei einem Besuch im Berliner Zoo hatte Jule sich in den Panda verliebt. Das hatte sie zu der Idee geführt, dass sie nach China reisen wollte, um Pandas zu filmen. Über die schwarz-weißen Bären und wie sie lebten war kaum etwas bekannt. Ihr Plan war, eine Geschichte über das Familienleben dieser sanften Riesen, die Vegetarier waren und sich fast ausschließlich von Bambus ernährten, zu erzählen.

Malte wollte seinem hervorragenden Abschluss-Diplom noch ein feines Sahnehäubchen aufsetzen und ein Studienjahr in Harvard anhängen, dem Mekka der Wirtschaftswissenschaften.

Beide waren zu intelligent, als dass sie sich versprachen, in Kontakt zu bleiben und einander so oft wie möglich zu besuchen. Beiden fiel der Abschied schwer im Herzen. Und doch brachten ihre Lebensträume und die Flieger sie in zwei absolut entgegengesetzte Gegenden des Erdballes.

Mit gewohnter Vehemenz stürzte Malte sich in sein besonderes Studienjahr an der Harvard University und schloss (natürlich!) mit Bestnoten ab. Selbstverständlich erhielt er gleich im Anschluss einen hervorragenden Job bei der NYSE (New York Stock Exchange), der größten Wertpapierbörse der Welt. Allgemein bekannt unter dem Namen der Straße in New York, wo die NYSE ihren Sitz hat. „Wall Street".

Hier waren sie alle so ein bisschen wie er selbst. Hochintelligent, selbstsicher bis zur Überheblichkeit, knallhart im Einschätzen und Kalkulieren von Menschen und Möglichkeiten.

In kurzer Zeit wurde Malte einer der erfolgreichsten Börsenmakler und kletterte die Karriereleiter im Olymp der Wirtschaft selbst für New Yorker Verhältnisse reichlich rasch empor. Natürlich verschaffte dies dem „German shooting star" wieder mal mehr Neider als Freunde.

Ach ja, Freundschaft war ja schon immer überbewertet …

Irgendwann brauten sich dunkle Wolken am Börsenhimmel über Manhattan zusammen. Man munkelte von unsauberen Geschäften. Natürlich hatte auch Malte seine Fäden gezogen und Netze gesponnen und dadurch einen Haufen Geld verdient, das in keiner offiziellen Quelle auftauchte.

Die private Atmosphäre der „Oyster Bar" bildete einen vorzüglichen Rahmen für konspirative Gespräche und Pläne mit einigen ausgesuchten Makler-Kollegen, wie mit Spekulationen extrem hohe Renditen erzielt werden könnten. Dafür hatten sie meist kleinere bis mittlere Unternehmen heraus gepickt, die zwar den Gang an die Börse gewagt hatten, deren Erfolge und Gewinne aber eher rückläufig waren. Von denen hatten Malte und sein kleiner Geheimbund mit minimalem finanziellem Einsatz umfangreiche Aktienanteile erworben.

Zusätzlich hatten sie die Gier von hinter vorgehaltener Hand informierten Kunden geweckt. In großem Stil kauften sie die angebotenen Aktienpapiere. Sobald die Kurse durch die Decke gingen, verkauften alle Beteiligten ihre Anteile mit enormem Gewinn. Alle verdienten prima – nur die Firmen selbst, mit deren Aktien diese Betrügereien durchgeführt wurden, waren die Looser, denn die wussten von alldem nichts.

Das ging so etwa zwei Jahre lang gut. Doch jedes noch so fein gesponnene Netz hat seine Schwachstellen. Die SEC (United States Securities and Exchange Commission) hatte Wind von der Sache bekommen, entsprechende Nachforschungen angestellt und angefangen, die weit

reichenden und weit verzweigten Verbindungen aufzu-
decken. Drohungen, Erpressungen und Bestechungen
wurden bereits in mehreren Fällen nachgewiesen.

Einen der Hauptdrahtzieher hatte die Polizei erschos-
sen aufgefunden, doch über zwei weitere Beteiligte war
nichts in Erfahrung zu bringen. Sie blieben verschwun-
den. Einer von ihnen war Malte.

Dennis Todd, Leiter der Untersuchungskommission
der SEC, war ihm auf der Spur. Es hatte inzwischen auch
bereits einige Verhöre gegeben, die Malte aber mit Hilfe
seiner Anwälte bravourös gemeistert hatte.

Außerdem war er inzwischen von der NYSE per Head-
hunter zu Mangold Sax berufen worden, die einen ge-
eigneten Verbindungsmann für den Vorstand in ihrer
deutschen Filiale suchten. Das war für Malte das goldene
Los. Mit all seinen gehorteten Schätzen sprang er über
den großen Teich zurück nach Deutschland. Genauer
gesagt, in seine alte Heimat, nach Hessen. Von Manhattan nach Mainhattan.

Doch zum Flughafen John F. Kennedy musste Malte per
Taxi durch die ständige Rush-Hour New Yorks. Mit Dennis Todd im Nacken, der mit neuen Beweisen unterwegs
war.

„Dennis mit zwei ‚n'", dachte Malte feixend in Erinnerung an den einstigen Jugendfeind. Zum Glück hatte einer von Maltes Anwälten Informationen darüber erhalten und ihn früh genug warnen können.

Sein Check-In erfolgte mit drei roten Koffern per VIP
absolut reibungslos. Auf der Gangway drehte er sich

noch einmal um und sah durch die Scheibe Dennis Todd heran laufen. Maliziös lächelnd murmelte Malte seinen alten Sing-Sang in seine Richtung: „Fang mich doch, Du Eierloch!"

In der Finanzhochburg Frankfurt, dem deutschen Sitz von Mangold Sax, gab nun Malte den Ton an.

35

In Frankfurt war Malte der amerikanischen Gesetzbarkeit entzogen, weitere Verfolgungen konnten durch seine New Yorker Anwälte abgeschmettert werden. Auch etwaige Verstrickungen und schuldhafte Handlungen waren nicht nachweisbar. Seine Rehabilitation war umfassend, und etliche Monate später konnte er auch wieder gefahrlos nach New York reisen.

Das Leben lief gut für Malte. Auch bei Mangold Sax. Er besaß sowohl ein Appartement über den Dächern Frankfurts für seinen arbeitsmäßigen Aufenthalt innerhalb der Woche als auch ein kleines Anwesen im Taunus für kurze Auszeiten am Wochenende – wenn er es sich denn überhaupt erlaubte, eine Auszeit zu nehmen.

Zu seinen Eltern, die noch immer in dem kleinen, idyllischen Dorf mit der uralten Kirche in den grünen Hügeln am Rande des Vogelsberges wohnten, hatte er ein entspanntes Verhältnis. Manchmal besuchte er die beiden sogar.

Die waren stark ins Dorfleben eingebunden. Vater war im Ortsbeirat und bei der Freiwilligen Feuerwehr, Mutter war bei den Landfrauen und in der Turngruppe.

Gemeinsam bewohnten sie dieses große Haus am Hügel mit Blick über das Tal. Der ausgedehnte Garten forderte viel Zuwendung. Inzwischen leisteten sie sich zweimal im Jahr einen Gärtner für die jahreszeitlich schwierigeren Arbeiten. Ihre Galloways, diese hübschen Highland-Rindviecher, hatten sie auch immer noch, nannten den Bullen Ferdinand und jede einzelne seiner Damen beim Namen.

Und dann gab es auch noch Blümchen, die zierliche Mischlingshündin, in der sich mindestens Australian Shepherd, Beagle und Yorkshire vereinten. Vielleicht auch Katze, denn sie begrüßte jeden Besucher nicht nur hundemäßig ungestüm, sondern auch maunzend wie ein kleines Kätzchen.

Die Dorfbewohner waren fröhliche Menschen, die an Allem und Jedem stets regen Anteil nahmen. Auch an Malte und seiner Geschichte, wovon sie aber nur die geschönte Version zu hören bekamen. Und sie feierten gern. Darum gab es ein großes Dorfgemeinschaftshaus, in dem zu allen möglichen Anlässen kräftig gejubelt, gesungen und getanzt wurde.

An einem schönen Herbsttag, an dem die Sonne wie auf Bestellung warm vom blauen Himmel strahlte und alles Laub bunt und golden leuchten ließ, wurde das Backhaus angeheizt, die Landfrauen buken Brot und Kuchen, die Metzger hatten dicke Haxen vorbereitet, die nun zischend und gut gewürzt über dem Grill brieten. Tische und Bänke waren draußen im Hof aufgestellt, das Bierfass angestochen, und eine regionale Band brachte Stimmung und Schwung.

Malte hatte sich von seinen Eltern breit schlagen lassen dazu zu kommen. Nun hockte er halb heimisch, halb fremd unter den Menschen, die er seit seiner Kindheit kannte. Die Verbindung zu ihnen war ihm im Laufe der Jahre aber sehr fern geworden.

Plötzlich schlug ihm jemand von hinten auf die Schulter: „Mensch, Malte, dass Du auch mal wieder aus Deinem Frankfurter Banken-Olymp herab steigst und Dich unter das gewöhnliche Volk mischst …"

Malte drehte sich um. Er zögerte nur kurz, dann hatte er es wieder gegenwärtig – Dennis. Dennis mit zwei „n". Noch genauso verbal aufreizend wie früher. „So wie Du?" Malte entschärfte seine knappe Antwort mit einem breiten Grinsen.

„Nö", grinste Dennis zurück, „war zwar auch mal ein paar Jahre wech, bin aber wieder hierher zurück, als de Pabba die Wolkenflatter gemacht hat. Mama war ja schon lange tot. Jetzt wohn ich wieder in dem Haus. Hab aber alles total umgebaut. Das meiste hab ich selber gemacht. Beim Rest haben die Kumpels aus der Firma geholfen."

„Toll", begeisterte sich Malte mühselig und setzte noch freundlich hinzu: „Ist immer gut, wenn Leute da sind, die man ansprechen kann."

„Is ja auch **meine** Firma, wo **ich** der Chef bin", betonte Dennis stolz.

„Oh, wow. Und was ist das für eine Firma?" Malte bemühte sich redlich um Small-Talk-Interesse.

„Kaminbauer und Ofensetzer. Altehrwürdiges Handwerk. Wird immer gebraucht", pries Dennis sein Gewerbe stolz an.

Malte wurde einer Antwort enthoben, als eine junge Frau zu den beiden trat. „Hallöchen, Ihr Süßen!" Sie strahlte übers ganze Gesicht.

Für Malte ging bei ihrem Anblick die Sonne in seinem verschlossenen Herzen auf. Die ganzen Jahre hatte er dieses warme Leuchten nie wieder gefühlt. Nicht bei all den taffen Geschäftsfrauen und superschönen Models in New York und auch nicht hier in Frankfurt, wo er die Frauen, die ihn hätten auch nur entfernt interessieren können, eher als unterkühlt empfand.

Neben ihm stand Dennis da und glotzte wie ein Stier, wenn's donnert.

„Jule!", riefen beide gleichzeitig im Duett.

Jule warf ihre lange, goldblonde Lockenmähne in elegantem Schwung zurück. Sowohl Malte als auch Dennis wurden die Knie weich.

„Juuuleee!" Ein weiterer, freudiger Schrei schallte über die Festwiese.

Drei Augenpaare drehten sich gleichzeitig in die Richtung, woher der Ruf ertönte. Eine Frau verlieh ihrer Freude lachend und winkend Ausdruck. Kurzer, brauner Bob, voll geballter Lebensenergie, kam sie auch schon hüpfend und quietschend mit ausgebreiteten Armen angelaufen. Jules „alte" Schulfreundin Becka.

Nach heftiger, gegenseitiger Knuddelei hockten die vier zusammen und erzählten sich die Erlebnisse der letzten Jahre.

Malte gab eine für ihn typische, auf eine kryptische Essenz zusammen gefasste Darstellung seiner Erfolge:

„Nach Harvard Wall Street, dann Mangold Sax, und für die jetzt hier in Frankfurt."

Dennis gab sich ähnlich maulfaul: „Schule fertich, Lehre, dann Geselle, dann Meister. Kurz drauf Mama gestorben. Paar Jahre in die weite Welt. Dann is de Pabba gestorben und ich wieder hierher zurück in die Heimat. Firma gegründet und Elternhaus umgebaut."

„Wohin in die weite Welt?" Becka wollte es genauer wissen.

Auch Jule guckt interessiert und lächelte.

„Naja, mehr so europäische weite Welt, nich so China oder Amerika." Dennis holte Luft. Er war kein großer Erzähler. „Österreich, Schweiz, Tschechien, Norwegen, Schweden waren meine Stationen. Hab dadurch unterschiedliche Ofenbauarten kennengelernt."

„Und dann?", hakte Jule nach

„Dann is de Pabba gestorben. Bin dann hier geblieben und hab meine eigene Firma für Kamin- und Ofenbau gegründet."

„Und? Läuft gut?" Nachfrage von Malte, dem Gewinnorientierten.

„Jou. Spezialität: Lehmbaukamine. Könnt ja mal in meinen Laden gucken kommen. Hab 'ne kleine Ausstellung da als Beispielansicht. - Und Du, Jule? Ich hab Doku-Filme über Pandas von Dir im Fernsehen gesehen", lenkte Malte die Aufmerksamkeit von sich fort.

Jule nickte. Begeistert berichtete sie von ihren Reisen durch China auf den Spuren der Pandas. Sie hatte sich einen guten Namen als Tierfilmerin gemacht, mit großer Vorliebe für die schwarz-weißen Bären. So hatte sie auch zu dem besseren Artenschutz dieser bedrohten Tiere beitragen können. Eigentlich lebte Jule in Berlin, aber an diesem Wochenende besuchte sie ihre Mutter. Die hatte sie gnadenlos mit zum herbstlichen Haxn-Fest geschleppt.

Becka hätte nach dem Abi gerne Medizin studiert. Ein Studium war aber für sie nicht möglich gewesen. Um der Medizin trotzdem so nah wie möglich bleiben zu können, hatte sie eine Ausbildung zur Hebamme gemacht, in unterschiedlichen Praxen und Kliniken in Hamburg, Düsseldorf und München gearbeitet und dabei vielfältige Erfahrungen gesammelt. Vor einiger Zeit war sie mit riesigem Heimweh und noch riesigerem Liebeskummer zurückgekehrt und arbeitete nun am hiesigen Krankenhaus in der Geburtsstation.

Die vier tranken viel, lachten noch mehr, tanzten wild zu den Rhythmen der rockigen Band. Und erst spät in der Nacht schlingerten sie heimwärts.

Am nächsten Morgen versuchte Malte seinen Brummschädel frei zu pusten. Diszipliniert zog er seine Sportsachen an, hing sich ein rotes Handtuch um den Nacken und lief los.

Zu dieser frühen Stunde, lag die Landschaft in leichte Nebelschwaden gehüllt und das Dorf nach der ausgiebigen Feier noch in Stille. Ein Bulle brüllte auf einer der Weiden, wahrscheinlich Ferdinand. Ansonsten hörte Malte nur seine eigenen Schritte und seinen rhythmischen Atem.

Plötzlich tauchte Dennis neben ihm auf. „Tach, Alter."

Malte warf ihm einen schnellen Seitenblick zu. „Tach, auch."

Eine Weile trabten sie stumm neben einander her.

Dann fing Dennis wieder an: „War gut gestern."

„Ja."

„Jule hat sich schwer gemacht."

„Ja."

„Ich denk, die findet mich gut."

Maltes linke Augenbraue erhob sich leicht. „Hmpf."

„Ich werd sie heut wieder sehen."

Maltes linke Augenbraue zuckte richtig hoch. „So? Hat sie das gesagt?"

„Nö, aber ich geh einfach hin und frag sie."

Maltes linke Augenbraue beruhigte sich. „Wird nicht funktionieren."

„Häh?"

„Nö."

Dennis stoppte. Malte auch. Sie standen sich nun gegenüber und starrten sich an. Fast so, wie damals im Kindergarten.

„Wieso wird das nich funktionieren?", hakte Dennis nach.

„Weil diese Frau mindestens zwei Nummern zu groß für Dich ist."

„Sagt wer?"

„Na, ich."

„Du blöder, arroganter Hund!"

„Selber blöd!"

Und schon fing die Rangelei an. Dennis schubste, Malte schubste zurück, dann gingen sie in Clinch, während dem der kampfsportgeschulte Malte den etwas stämmigeren Dennis mühelos in den Schwitzkasten nahm und zu Boden rang. Malte atmete noch nicht einmal schwerer, als er einen Schritt zurück trat und Dennis die Hand zum Aufstehen bot.

Der ergriff sie, zog aber viel zu heftig, um Malte aus dem Gleichgewicht zu bringen. Doch Malte hatte mit sowas gerechnet und gab Dennis mit der Handkante einen kurzen Hieb aufs Handgelenk. Der ließ jaulend los und ging erneut zu Boden.

Malte nahm sein rotes Handtuch, schlug damit leicht in Richtung Dennis und sagte leise: „Du Eierloch!"

Es war Malte, der Jule am Nachmittag traf.

Die Liebe der beiden flammte erneut auf. Nun flogen sie an den Wochenenden zwischen Frankfurt und Berlin hin und her, bis Jule ganz nach Frankfurt zu Malte in das Domizil im Taunus zog.

Sie heirateten, als sie ein Kind erwarteten. Die Taufe fand in der uralten Kirche ihres Heimatdörfchens statt. Ihren Wonneproppen nannten sie Liam.

Dennis war nicht eingeladen. Zur Hochzeit nicht und zur Taufe auch nicht.

45

In der Mitte von Maltes Leben ließ das Schillern seines Glückes nach.

Wahrscheinlich hatte er zu viel gearbeitet oder war zu wenig für seine kleine Familie dagewesen. Stimmte ja, dass er die ersten Schritte von Liam verpasst hatte. Genauso wie den ersten Kindergartentag. Die Kindergartenzeit überhaupt. Aber zur Einschulung war er da und auch zur Einschulung ins Gymnasium.

Naja, wahrscheinlich hatte er Jule nicht genug in ihrer kreativen Arbeit unterstützt, den Jungen und sie nicht ernst genug genommen. Es war ihm nicht bewusst. Scheidung war zwar kein Thema zwischen ihnen, aber mit genau diesen Argumenten packte Jule die Koffer und ging mit Liam nach Berlin.

Wieder einmal vergrub sich Malte mit Vehemenz in seine Arbeit, knüpfte Kontakte, stärkte vorhandene und tat das, womit er auch in Amerika bereits mächtige, finanzielle Erfolge gefeiert hatte, bis die SEC ihm fast auf die Schliche gekommen war. Doch das Misstrauen der deutschen Börsenaufsicht wollte er hier in seinem „good old Germany" zu vermeiden wissen.

Er sammelte wieder einen Haufen Geld in gut versteckten Geschäften an. Das meiste davon ließ er Jule und Liam zukommen, finanzierte Jules Filmprojekte, Liams Schulbildung und legte sich eine Segeljacht zu. Nicht zu protzig und offiziell mit einem kleinen Kredit finanziert, aber doch elegant genug, um bequem und in angenehmem Luxus auf der Ostsee herum zu schippern – und um Liam zu beeindrucken.

Dass das Verhältnis zu seinem Sohn kaum mehr als ein solches bezeichnet werden konnte, machte Malte schwer zu schaffen. Liam war inzwischen im mit beträchtlicher Renitenz gesegneten Teenie-Alter angekommen, doch für piratenmäßige Segeltörns war er schnell zu begeistern.

Trotzdem Jule nicht mehr mit Malte leben wollte, verstanden sie sich noch gut miteinander. Die Entfernung trug sogar dazu bei, dass sie wieder mehr miteinander redeten, auch die Qualität ihrer Gespräche erlangte wieder ein besseres Niveau.

Außerdem hatte sie Vertrauen genug, dass sie ihren Sohn zu solchen Abenteuern mit seinem Vater aufbrechen ließ. Diese regelmäßigen Ostseetörns wurden für Malte und Liam zu einem heilsamen und förderlichen Bindeglied. Und er brachte ihm das Tauchen bei.

Als die SEC in New York gegen Mangold Sax den Vorwurf auf Wertpapierbetrug erhob, stürzten sofort weltweit die Kurse von Bankaktien ab. Minutenschnell büßte die Aktie von Mangold Sax 13 % ihres Wertes ein.

Trotz aller Vorsichtsmaßnahmen wurde auch die deutsche Börsenaufsicht misstrauisch. Sofort richtete sich deren Augenmerk auf Mangold Sax Germany. Und zwar genau auf die „Abteilung für strukturierte Produkte". Die gehörte zu den Bereichen, die unter Maltes Verantwortung und Leitung standen.

Angeblich waren gezielt die schlechtesten Kredite zu einem Portfolio gebündelt worden. Weder auf den dazu entworfenen Prospekten noch auf sonstigen Verkaufsunterlagen zu diesem Fonds tauchte der Name Mangold

Sax auf. So schien es, als seien die Unterlagen von einem unabhängigen Börsenunternehmen erstellt worden.

Der Vorwurf lautete, dass diese Aktionen ausschließlich zu dem Zweck durchgeführt worden wären, um dann selbst gegen diese Kreditbündel zu spekulieren. Wenn öffentlich bekannt gewesen wäre, dass die hauseigene „Abteilung für strukturierte Produkte" von Mangold Sax Germany selbst das Portfolio zusammen gestellt hatte, wäre dies wohl den meisten institutionellen Anlegern zu riskant gewesen.

Trotzdem titelten die Tageszeitungen, Finanzjournale und auch die Regenbogenpresse: „Mangold Sax – eine Bank, die den eigenen Kunden ins Unglück schickt und sich daran bereichert?"

Das Bauernopfer war der CEO der Abteilung, Fabian Fink. Seine Rolle in diesem unseriösen Spiel sollte es gewesen sein, die Beteiligung von Mangold Sax bei der Auswahl des Portfolios verschleiert zu haben. Er wurde von der Börsenaufsicht angeklagt.

Doch ein Schatten fiel damit auch auf Maltes Weste.

In einer außerordentlich einberufenen Vorstandssitzung bestritt Malte seine wissentliche Anteilnahme. Dabei wandelte er in seiner Argumentation gekonnt auf schmalem Grat.

Natürlich habe die Arbeit der „Abteilung für strukturierte Produkte" unter seiner Verantwortung gestanden. Aber die dunklen Verzweigungen von Fink seien ihm nicht bekannt gewesen. Die habe dieser komplett auf eigene Faust durchgeführt. Solche Praktiken leitender

Untergebener seien ja wohl auch seinen Vorstandskollegen nicht unbekannt …

Dem Anwalt der Anleger war es egal, dass Mangold Sax sich in einem Interessenkonflikt befand. Solche Konflikte waren seiner Ansicht nach in der Praxis nicht vermeidbar, außer, man vermied das ganze Geschäft. Er legte die Betonung darauf, dass die Bank diesen Konflikt nicht nur nicht offen gelegt, sondern auch noch versucht habe, ihn zu verschleiern.

Der Vorstand von Mangold Sax stand komplett hinter seinem Mitglied Malte Grote. Der Pressesprecher von Mangold Sax Germany wehrte die Vorwürfe als falsch ab und verkündete, dass man scharf dagegen vorgehen werde. Mangold Sax besäße einen untadeligen Ruf. Sämtliche Investoren seien mit aller Ausführlichkeit über die Hypothekenanleihen informiert gewesen. Das Risiko, das mit solchen Fonds stets verbunden ist, war allen Investoren bekannt. Außerdem habe die Bank selbst an dem fraglichen Geschäft fast 100 Millionen Dollar verloren.

Jaja, wir weinen alle ein bisschen …

Die schlimmsten Vorwürfe und Gerichtsverfahren waren überstanden. Das Verhältnis zu Jule war zwar noch immer distanziert, aber freundlich.

Mit Sohn Liam verband ihn inzwischen ein tiefes Einvernehmen. Der hatte unterdessen ein prima Abitur gemacht und wollte nun Archäologie studieren. Tauchen hatte er schon längst gelernt und liebte es sehr, in der Welt unter Wasser auf Entdeckungsreisen zu gehen. Auch dazu hatte ihn sein Vater während ihrer gemeinsamen Törns ermutigt.

Dann passierte der schreckliche Unfall.

Ein Transporter hatte bei einem riskanten Überholmanöver eines Traktors auf der Landstraße den Wagen seiner Eltern frontal gerammt. Beide waren sofort tot. Genauso wie Blümchen, die zu Füßen seiner Mutter mit im Auto saß. Der Unglücksfahrer trug ebenfalls schwerste Verletzungen davon, denen er noch in der Notaufnahme erlag.

Jule kam sofort, als Malte sie noch im Schockzustand anrief. Sie wich nicht von seiner Seite. Auch Liam war da.

Die darauf folgende Zeit durchlebte Malte wie in einem bösen Traum. Die Beerdigung war schier erdrückend. Das ganze Dorf nahm Abschied. Und jeder hatte etwas dazu zu sagen. Jeder nahm Malte in die Arme, drückte ihn oder zumindest seine Hand. Malte nahm alle Bekundungen stumm und kalkweiß im Gesicht entgegen. Ohne Jule und Liam wäre er völlig verloren gewesen.

Dem Galloway-Bullen Ferdinand kraulte er noch einmal die Stirn, dann verkaufte er die Highland-Rinder an Otto Baum, einen mit seinen Eltern befreundeten Bauern mitsamt den dazugehörigen Weidegründen, die sowieso an die Baum'schen Ländereien stießen. Dessen Sohn Bernhard war Malte noch flüchtig aus der Schulzeit bekannt.

Das Haus behielt er. Später ließ er es renovieren und vermietete es.

Nach einiger Zeit lief alles wieder in einigermaßen geglätteten Bahnen.

Alles schien wieder gut zu sein. Aber an einem regnerischen Vormittag brach Malte in der Vorhalle des Bankgebäudes Mangold Sax zusammen.

Nur noch am Rande seines Bewusstseins nahm er wahr, dass der Notarzt alarmiert wurde, dann wurde es dunkel um ihn …

Treiben irgendwo im dunklen Nichts.

Zarte, kleine, helle Pünktchen sausen um ihn herum und verdichten sich langsam um die Silhouette einer Gestalt, die auf ihn zu schwebt. Ein weiter Mantel mit Kapuze um-hüllt sie weich.

Die Frage nach dem „Wer?" wird beantwortet, ehe Malte sie stellen muss.

Langsam und bedächtig präsentiert sich der Ankömm-ling: „Ich bin einer der Dunklen Diener des Großen All-Einen und werde Dich nun in die Karmischen Gefilde begleiten."

Malte fühlt sich hilflos in seinem Schwingungszustand. Aber trotzdem wehrt er sich dagegen, dass dieser dunkle Bursche sich seiner bemächtigt.

„Nix da. Ich werd noch gebraucht. Da werd ich bestimmt jetzt nicht einfach so mit Dir verschwinden."

„Was willst Du dagegen tun?"

„Ich habe weitreichende Verbindungen. Auch zu Ärzten."

„Und wie steht es mit Gott?"

„Den lassen wir mal einen guten Mann sein. Zeit meines Lebens habe ich alles selbst in meinem Hirn und meiner Hand gehabt."

„Bist Du sicher, dass Gott ein Mann ist?"

„Bist DU sicher, dass es Ihn oder Sie oder Es überhaupt gibt?"

„Was meinst Du, woher ich komme?"

„Sag mal, bin ich hier in ein spirituelles Quiz geraten? Was ist der Preis?"

„Dein Leben. Und da gibt es auch nichts zu raten."

„Du Eierloch", murmelt Malte noch, dann wird es plötzlich grell um ihn.

Blitzende rote Lichter. Irgendwo piepte es. Schläuche und Geräte um ihn herum. Gedämpfte Worte drangen in sein nebulöses Empfinden.

Irgendjemand sagte zu ihm: „Da sind Sie ja wieder, Herr Grote."

„Wo?", brachte er mühsam hervor.

„Sie befinden sich hier auf der Intensivstation des Krankenhauses Sachsenhausen."

„Was?"

„Sie hatten einen mehrfachen, schweren Herzinfarkt. Wir haben Sie sofort operiert und ihnen fünf Stents gesetzt."

55

Malte war raus aus dem Spiel.

Während einer ausgiebigen Reha-Zeit waren ihm verschiedene Techniken der Entspannung nahe gebracht worden. Auch Stille hatte er zeitweise erdulden müssen, sie schließlich als Quelle der Kraft schätzen gelernt.

Nun ertrug er den Gedanken an eine Rückkehr in den ehemals geliebten Frankfurter Hexenkessel nicht mehr. Stattdessen kehrte er dem ganzen Trubel den Rücken, gab seinen Sitz im Vorstand auf und zog sich aus allen Geschäften zurück. Die Zeit der Spekulationen und Ränke lag hinter ihm.

Für eine Weile zog er zu Jule und Liam nach Berlin. Jules Haus war zwar groß, aber viel Platz brauchte er nicht, denn außer ein paar freizeitmäßigen Kleidungstücken und seinem Jeep hatte er kaum etwas aus seinem bisherigen Leben behalten. Die Zeit in der Reha hatte ihm enthüllt, mit wie wenigen Dingen er seinen Alltag bestreiten konnte.

Das Anwesen im Taunus – verkauft, mitsamt Inventar.

Das Appartement über den Dächern von Frankfurt – ebenso verkauft.

Statt in Fonds von Mangold Sax investierte er sein Geld in Gold. Und zwar in reales Gold, einen Wert zum Anfassen. Und sein Elternhaus in den idyllischen grünen Hügeln am Rande des Vogelsberges behielt er auch, überließ es aber weiter seinen Mietern.

Das Zusammenleben mit Jule und Liam verlief harmonisch. Jule und Malte, die sich nie hatten scheiden lassen, entdeckten ihre Liebe zueinander neu und mit tieferen Gefühlen.

Sie waren beide erfreut und stolz, dass Liam Maltes alte Alma Mater für sein Archäologie-Studium gewählt hatte, die ehrwürdige Humboldt-Universität zu Berlin. Und wie damals seine Mutter, wusste auch Liam bereits, in welche spezielle Richtung er später gehen wollte – Unterwasserarchäologie.

Doch auch das quirlige Berlin wurde Malte zu viel. Jule verstand ihn, denn auch sie hatte immer mehr mit ihren Auftritten in der Öffentlichkeit und dem Wunsch nach mehr Ruhe in ihrem Leben zu kämpfen. Seit einiger Zeit begleitete Yoga ihre Auszeiten vom filmischen Treiben und den damit verbundenen Reisen und Präsentationen.

Nebenbei hatte sie innerhalb der letzten vier Jahre eine Ausbildung zur Hatha-Yoga-Lehrerin absolviert. Und manchmal hospitierte sie als Kursleiterin. Darum unterstützte sie Maltes Pläne für einen Trip in Richtung seines Selbst und bot ihm an, als Einstieg an einigen Yoga-Stunden teilzunehmen.

Das tat er dann auch. Die Denkweise gefiel ihm. Sie glich in Vielem der friedlichen Geisteshaltung des Aikido, das er irgendwann in seiner Jugend mal erlernt, dann aber für lange Zeit nicht mehr praktiziert hatte.

Bei dieser Kampfkunst zielt man darauf ab, den Gegner zu kontrollieren, abzuwarten, bis der Angriff erfolgt, um diese Kraft zu nutzen, die eigene Position zu sichern und zu stärken. Dabei war man beim japanischen Stockkampf, der aus dem Schwertkampf der Samurai hervor gegangen war, gleichzeitig bedacht in der Beobachtung und schnell in der Ausführung.

Seine Begeisterung für die langsamen Übungen des Hatha-Yoga hielt sich daher in sehr knapp bemessenen Grenzen.

Doch er suchte weiter nach Stille für sein Inneres. Ein probeweise verbrachtes Stilles Wochenende im Kloster Gnadenthal war ihm dann doch zu kirchlich geprägt. Er hatte ja schon Schwierigkeiten, sich auf irgendwelche christlich-biblisch geformte Symbolik einzulassen, geschweige auf Gebetskreise, Tönen und Rezitation von Texten oder gar Beichtgespräche.

Kurz darauf startete er einen neuen Versuch im Benediktushof, einem Zentrum für Meditation und Achtsamkeit. Sie versprachen dort Spiritualität ohne Konfession, dafür Konzentration für Körper, Seele und Geist – und Stille.

„Hier können Menschen in Stille zu sich selber kommen, sich auf Wesentliches besinnen." Das war der Satz in der Werbung des Hofes, der Malte bewog, sich auf die Reise zu begeben.

Als er Jule zum Abschied in die Arme nahm, hatte sie Tränen in den Augen, lächelte aber tapfer.

„Ist ja nur für ein Wochenende", versuchte er sie zu trösten, „dann bin ich mit neuen Eindrücken wieder da. So wie beim ersten Versuch."

„Es fühlt sich diesmal anders an."

Und es war anders.

Aus dem Wochenende wurde eine Woche. Und auch nach der Woche verlängerte Malte seinen Aufenthalt mehrere Male. Er hatte ein Einzelzimmer gebucht, und außer während der Seminarzeit hielt er sich von Kontakten mit anderen Gästen fern. Das war glücklicherweise ziemlich leicht auf dem großen Gelände mit seinen unterschiedlichen Gärten und Plätzen.

Er begann mit Kyudo, der alten, meditativen Kunst des Bogenschießens, lernte so über Körper und Bogen Achtsamkeit für den Moment. So fand er wieder zu den Erkenntnissen, die er vor vielen Jahren in seiner Ausbildung im Aikido gewonnen hatte. Auch wenn er in seinem alten Börsianerleben stets konzentriert für den entsprechenden Zeitpunkt und die Menschen, mit denen er zu tun hatte, sein musste – dies hier war etwas Anderes.

Er aß auch anders. Die Reha und Jule hatten ihn zwar bereits mit Salaten und verschiedenen Gemüsen bekannt gemacht, doch eigentlich waren seine Mahlzeiten eher fleischlastig oder auf Fast Food ausgerichtet. Hier bekam er ausschließlich frische, vegetarische und vegane Kost vorgesetzt.

Das Schweigen und die Stille taten ihm gut. Bewusst fügsam fand er sich zur gemeinschaftlichen Arbeitsstunde auf dem Hof oder in den Gärten ein. Und er liebte es, dem siebenfachen Weg des Rasenlabyrinthes zu folgen.

Es dauerte eine Weile, bis er begriff, dass die Aufmerksamkeit in seinem bisherigen Leben immer von ihm weg nach außen gerichtet war.

Nun schaute er zum ersten Mal wirklich nach innen. Sie nannten es hier: „Achtsam für sich selbst zu werden."

Die regelmäßigen Meditationen, drei im Lauf des Tages, fielen ihm anfangs schwer. Das Sitzen in Stille, die Gedanken bündeln, die Gedanken in die Wolken schicken, die Gedanken auf den Inneren Kern richten, Schatten und Kräfte entdecken und erkennen – das war alles Neuland für Malte.

Was er allerdings dort entdeckte, gefiel ihm nur zum Teil.

Wenn er in den Spiegel schaute, bemerkte er, dass sein kastanienbrauner Wuschelkopf kaum noch als solcher erkennbar war, dafür aber jede Menge Silber aufwies. Und um die grauen Augen und den Mund herum zeigten sich die ersten Fältchen und Falten.

Soviel zu seinem Äußeren. Er hatte aber Schwierigkeiten, sich selbst zu sehen und zu erkennen. Er war sich fremd geworden und musste sich mit den Facetten, die er neu in sich erspürte, erst mal anfreunden.

Doch nach und nach verschwand das Gefühl der Zerrissenheit. Aus den Bruchstücken seines Selbst fügte sich ein neues Bild, fast wie in einem Kaleidoskop. Immer mehr fühlte er sich in sich selbst wohl.

Ja, und dann kam der Tag im Gemüsegarten.

Er hatte den Auftrag, verschiedene Gemüse und Kräuter zu ernten und in der Küche abzuliefern. In seine Arbeit versunken, merkte er nicht, dass ein anderer Seminarteilnehmer ebenfalls den Gemüsegarten betrat. Erst, als der ihn gereizt ansprach, blickte Malte auf.

„So wat Blödes!"

Irritierter Blick von Malte. Er kannte den Mann nicht. Musste wohl neu sein.

„Jetz soll isch hier auch noch in der Erde rumbuddeln", nölte der Mann weiter in seinem rheinischen Dialekt.

Malte stand ruhig da, mit seinem Gemüsekorb in den Händen, sagte immer noch nichts, schaute ihn nur weiter an.

„Is doch bescheuert. Da zahlt man jede Menge Kohle,

krischt hier nur blöde Sprüsche zu hören und soll sisch auch noch die Hände schmutzisch machen."

Malte sagte immer noch nichts. Er lauschte in sich hinein, was diese sprachlich grobmotorisch formulierten Worte der Unzufriedenheit seines Gegenübers in ihm auslösten.

„Samma, bis Du taub oder wat?"

„Nö."

„Ja, und? Hat der Herr vielleischt die Güte, etwas ausführlischer zu antworten?"

„Jeder von uns ist hier, um irgendein Ereignis zu verarbeiten."

„Un dafür muss isch im Dreck wühlen?"

„Das ist kein Dreck. Das ist gute, ehrliche Erde."

„Ehrliche Erde. Du bis mir vielleischt Einen", schnaubte der aufgebrachte Mann. „Wie heiß Du überhaupt?"

„Malte."

„Un wie weiter?"

„Malte genügt hier."

„Mir nit. Also?"

Malte blieb immer noch ruhig. „Und wie heißt Du?"

„Isch bin der Dennis Pütz."

Innerlich rollte Malte mit den Augen. „Dennis mit zwei ‚n'?"

„Jau. Stahl- und Sischerheitszäune Pütz, Bonn. In dritter Jeneration."

„Das interessiert hier niemanden, Dennis."

„Wat?"

„Hier geht es um andere Werte."

„Jau. Wenn isch nich den blöden Herzinfarkt gehabt hätte, wär isch gar nit hier. War 'ne saublöde Idee."

„Was willst Du dann hier?"

„Samma! Geht's noch? Wenn isch nit in meine Firma bin, tanzen die Mäuse auf dem Tisch."

„Noch mal: was willst Du dann hier?"

„Du gehs mir auf den Sack." Sprach's und schubste Malte.

Der ließ vor Überraschung den Korb fallen, taumelte ein paar Schritte rückwärts und wunderte sich dabei gleichzeitig über sich selbst. Solch einen Angriff hätte er früher locker abgewehrt.

Dieser doofe Dennis (hießen eigentlich alle Blödmänner dieser Welt Dennis mit zwei ‚n'?) schubste ihn erneut. Doch jetzt funktionierten seine alten Reflexe wieder. Malte schubste zurück. Der Schubser war aber so heftig, dass Dennis auf seinen dicken Hintern plumpste, mitten hinein in eine Pyramide von roten Staudentomaten.

Malte seufzte. „Du Eierloch!"

Er nahm seinen Korb, drehte sich um und verließ den Gemüsegarten, in dem Dennis Pütz, Stahl- und Sicherheitszäune Pütz, Bonn, immer weiter schimpfend zurück blieb.

Gleichzeitig war dies aber Hinweis genug, dass Malte sich wieder der Welt „draußen" zuwenden sollte. Das tat er dann auch mit der gewohnten Konsequenz, aber auch mit leicht veränderten Perspektiven auf sich selbst und seine Mitmenschen.

65

Nach seiner Auszeit reflektierte Malte viel über seinen Aufenthalt im Benediktushof und die Erkenntnisse, die er in dieser Zeit über sich hatte gewinnen können. Statt Stress und Hektik hatten nun endlich Achtsamkeit und Harmonie in Maltes Leben Einzug gehalten.

Oft saßen Jule und er abends Rotwein schlürfend bei flackernder Feuerschale auf der Terrasse oder im Wintergarten, machten Pläne und überlegten, was sie mit ihrer weiterhin zart rankenden Liebe und dem Rest ihrer vitalen Lebenszeit noch anfangen könnten. Rentnerfreizeit mit Theater, Kino und Reisen allein war ihnen beiden nicht genug.

Auch Jule hatte in den Wochen von Maltes Abwesenheit intensiv über sich und ihr weiteres Tun nachgedacht. Jahrelang hatte sie sich mit ihrem künstlerischen Schaffen auch politisch engagiert und für die in ihrem natürlichen Lebensraum bedrohten Panda-Bären gekämpft.

Die Arbeit in der Öffentlichkeit hatte Jule längst an Andere weiter gegeben. Sie hatte eine Stiftung ins Leben gerufen, die sich für das Leben und den Erhalt der Pandas in den Bergwäldern der chinesischen Provinzen Sichuan, Gansu und Shaanxi einsetzte.

Das Filmen, Auftritte bei Talk-Shows oder Interviews im Radio, was sie alles früher mit viel Freude absolviert hatte, lehnte sie inzwischen ab.

Sie konzentrierte sich auf den meditativ-spirituellen Teil ihres Selbst und zog ihre Kraft seit Langem aus ihren Yoga-Übungen. Nun wollte sie den Spaß beim Üben auf der Yoga-Matte sowie ihr natürliches Interesse an anderen Menschen kombinieren. Seit geraumer Zeit gab sie ab und zu Kurse für einige, ausgewählte Freunde und Bekannte.

So kamen sie nach und nach auf die grandiose Idee, ihrer beider Fähigkeiten zu bündeln und gemeinsam noch einmal etwas Neues zu starten. Frei nach dem Motto: „Früher ging man mit ü-60 zum Sarg-Tischler, um sich sein letztes Möbel bauen zu lassen. Heute beginnt man selbst noch mal eine Lehre als Tischler."

Jule und Malte begannen zwar keine Lehre zum Tischler, aber sie erwarben ein Penthouse über den Dächern von Berlin und richteten dort „Jules Yoga Studio" und „Grote Coachings" ein.

Malte, der noch immer über viele, gute Kontakte in der Welt der Wirtschaft verfügte, beriet nun Firmen und Manager bei der Bewältigung von wirtschaftlichen Krisensituationen. Entsprechende Übungen zur Entspannung und Stärkung vermittelte Jule sowohl den gestressten Managern als auch ihren geplagten Ehefrauen in ihren Yoga-Kursen.

Manchmal kam Liam zu Besuch und berichtete von seinen ersten Erfolgen als Unterwasserarchäologe. Er war maßgeblich an einigen Ausgrabungen in Flachwassergebieten der Ostsee beteiligt und schwärmte von Siedlungsfunden, neolithischen Werkzeugen und Resten von Feuerstellen, die alle unter Wasser in einem wunderbaren Zustand erhalten geblieben waren, weil dort der zersetzende Sauerstoff durch das Meerwasser ferngehalten wurde.

Oft kam auch Dinah mit. Dinah kannte er seit seiner Studienzeit. Zuerst hatte er sich in ihre großen, fast schwarzen Augen verliebt, dann in ihr Lächeln und schließlich in die gemeinsamen Gespräche, die sie nächtelang führen konnten. Sie war seine Liebe, seine Freundin und seine Gefährtin in allen seinen Unternehmungen. Vor kurzem erst hatten die beiden geheiratet.

Zu den Ideen seiner beiden „Altvorderen" hatte Liam eine gespaltene Meinung. „Einerseits finde ich Eure Energie beachtlich."

„Und andererseits?"

„Andererseits wundere ich mich darüber, dass Ihr Euch nochmal dem Druck fester Termine aussetzt."

„Naja", meinte Malte mit jugendlichem Grinsen im langsam faltiger werdenden Gesicht. „Der Verlust der Pigmente des Haupthaares geht nicht immer reziprok mit der Weisheit des Alters einher."

„Du meinst, Weißheit wächst, Weisheit nicht unbedingt?"

„Korrekt. Rein lautmalerisch ist es das gleiche. Ansonsten liegen Welten zwischen beiden Begriffen."

Sie lachten gemeinsam über diese Feststellung.

„Aber keine Angst, Liam, schließlich entscheiden wir, ob wir einen Kurs geben oder eine Beratung durchführen. Und wir werden es zu vermeiden wissen, dass die Termine oder Klienten unseren mühsam errungenen Frieden wieder auffressen."

Naja, so viel zum frommen Wünschen - doch die Vergangenheit ist auch immer gleichzeitig gegenwärtig …

Eines Tages erschien in Maltes Büro Herr Fink, ein junger Start-Up, der mit seinen Recycling-Produkten zwar dem Zeitgeist entsprach, aber in der Umsetzung schlingerte. Fast drei Jahre lang hatte er sich so durchgewurstelt, aber jetzt stand er kurz vor der Pleite.

Malte hielt nicht mehr viel von Förmlichkeiten. Augenzwinkernd meinte er, er sei zu alt, um sich zu merken, wen er siezte und wen er duzte. Der Einfachheit halber nannte er dem jungen Mann seinen Vornamen und fragte ihn nach dem seinen.

„Dennis", war die Antwort.

In Maltes Nacken setzte ein unangenehmes Kribbeln ein, sein Lächeln gefror. Er hakte nach: „Dennis mit zwei ‚n'?"

„Genau."

Lächelte der jetzt etwa maliziös? „Hmpf", machte Malte und grinste schief.

„Is das irnxwie komisch?"

Das unangenehme Kribbeln hatte nun auch seinen Bauch erreicht und breitete sich beharrlich aus. Der Vorname und die moderne schludrig-schnelle Sprechweise von Dennis störten Malte gewaltig. Es schüttelte ihn geradezu.

Doch geschulter Intellekt und Sinn für Neutralität sowie die Bemühung um Vorurteilsfreiheit breiteten eine dicke Decke über diese Empfindung. Alte Gewohnheiten legt man eben auch mit viel Übung nicht so leicht ab.

„Öhm, nö."

Wider besseres Bauchgefühl nahm Malte das Coaching für Dennis Fink an.

Malte ließ Kaffee servieren und forderte Dennis auf, die Entwicklung seines Unternehmens zu schildern, von der ersten Idee bis zu den bestehenden Schwierigkeiten.

„Ich hab immer schon irnxwelche Möbel aus irnxwelchen andern Möbeln gebaut. Blieb mir auch nix andres übrig. War ja nie Geld für was Neues da. Aber meine selbst gebautn Möbel fand ich gut. Warn nich immer so ganz grade, aber das machte ihrn Charme aus. Fandn auch alle andern Leute. Genau.

Und irnxwann hatte ich halt diese geile Idee, meine ‚recycled furnitures' in größerm Stil aufzuziehn. Da hab ich 'ne Halle gemietet, Maschinen bei Ebay geschossn, aufgestellt und Leute eingestellt. Genau.

Geld hatte ich zwar überhaupt keins, aber ich hab so'n crowdfunding gemacht. Auch so'n großer Möbelhersteller hat da als Geldgeber mitgemacht.

Doofe Möbel schmeißn ja Viele weg. Die rette ich dann mit mein Leuten aus dem Sperrmüll. Dann nehm wir die auseinander und baun was Schickes, Neues draus. Genau. Manchmal kommt noch bisschen frische Farbe dazu oder 'ne Kombi mit andern Matrialjen.

Die Dinger sind mir quasi aus den Händn gerissn wordn, und ich hab richtig Kohle damit gemacht. Gelauncht hab ich die Teile bei Ebay und in meim eigenen Shop übers Internet. Die meistn hat aber der Möbelhersteller abgenomm. Hab sogar Aufträge erhaltn, bestimmte Sachen zu baun. Lief dann auch 'ne Weile ganz gut. Genau."

Dennis machte eine Pause, nippte an seinem Kaffee und stierte vor sich hin. Malte überließ ihn für einige Momente seinen Gedankengängen, hakte dann aber nach: „Was lief dann nicht mehr gut?"

„Naja, so ziemlich alles." Dennis stockte noch einmal kurz, dann schossen die Probleme fast eigenständig aus seinem Mund: „Ich hab wohl die Kostn für meine Mitarbeiter unterschätzt. Irnxwann wollte das Finanzamt Geld sehn, Rentn-, Krankn- und Unfallversicherung schickten Forderungn. Dauernd war irnxeiner krank, und ich musste den Ausfall irnxwie kompensiern. Die Kostn für den Versand hatte ich ebenfalls irnxwie unterschätzt. Genau.

Die Buchhalterin, die ich eingestellt hatte, war auch sehr kreativ und sackte sich Kohle ein für Leute, die wir überhaupt nich recruitet hattn, was ich aber nich gecheckt hab, weil ich ihr voll vertraut hab. Genau. Und die Crowds wollten langsam mal Rendite sehn.

Dann ging eine von den Maschin kaputt, dafür musstich schnell Ersatz besorgn, hatte mir aber erst kurz vorher 'nen endkrassen Jaguar gegönnt."

Trotzig schaute er Malte an, der ihm schweigend zuhörte: „Genau. Wollte eben auch mal 'ne Karre ham, die nich halb Schrott is und mehr Zeit in der Werkstatt verbringt als auf der Straße. – Naja, hab aber trotzdem ein Kredit bekomm für die Maschine. Der is zwar ziemlich teuer, aber ich hab ihn wenixtns. Genau.

Dann sprang der Möbelhersteller ab. Der hatte inzwischen meine Idee kopiert und setzte die selber in sein eigenen Werkstättn um. Konnt ich nix gegn unternehm, weil ich wohl irnx so' ne Klausel übersehn hatte. Tja, genau …

Neue Crowds konnt ich nich generiern, weil ja die bestehendn noch bedient wern musstn. Da hab ich versucht, jede Menge Connections für Beteiligungn oder so zu machn. Da kannste ja auch nich wie so'n Abgerissener daherkomm, muss Du selber schon nach Erfolg aussehn. Is ja nich wie am Anfang, als nur die Idee da war. Genau! Aber so shit Designer-Klamottn sin auch richtig teuer. Besonders für Fraun."

Maltes Augenbrauen rutschtn beide gleichzeitig nach oben, er machte aber keinerlei Bemerkung.

Doch Dennis reagierte auf den Blick. Bockig stieß er hervor: „Meine Freundin is sehr repräsentativ. Wenn die dabei is, laufn so Gespräche eimfach besser. Genau. Also hab ich ihr auch jede Menge Designer-Klamottn, Schuhe, Taschn un so gekauft. Natürlich alles über die Firma. War ja schließlich dressing for business, also Arbeitskleidung. Hat der doofe Steuerberater aber aus den Kostn gestrichn, weil das Finanzamt so was wohl nich anerkennt. Auch so'n blöder Kerl. Nur kostnintensiv. Wozu hab ich den eigntlich?

Genau. Un die Werbung hab ich auch nich vergessn. Jede Menge Posts in facebook, auf Twitter, Instagram und kleine Videos auf Youtube. Ging ab wie Zäpfchen. Jede Menge likes und clicks und Kommentare. Auch Bestellungn. War ja schließlich der Sinn hinter all dem social-network-Gedöns."

„Und was genau ist jetzt schief gelaufen, dass Du meine Hilfe benötigst?"

„Genau. Die Retourn häufm sich, weil die Mitarbeiter Scheiße zusamm baun. Wenn ich die Kerle dann zur Rede stelle, haun die Säcke in denselbm und ich muss für neue Leute sorgn. Ich komm mit der Arbeit nich nach, aber die Kosten klettern …" Dennis' Rede lief ins Leere, er pustete und hob die Hände hilflos in die Luft.

Malte ließ Dennis Worte erst mal in derselben hängen und sog langsam aber tief Atem in seine Lungen. Dass mal ein Geschäft nicht so funktionierte wie geplant, kannte er selbst aus Erfahrung, aber wie viele blöde Fehler auf einmal kann ein Mensch alleine machen?

Dennis sah ihn gespannt an. Oder lag da etwas Lauerndes in seinem Blick?

Malte nahm sich zusammen. „Okay, Dennis, einen Erfolg hast Du bereits – Du hast den Missstand in Deinem Geschäft und Deiner Unternehmung erkannt und bist mutig genug, Dir das einzugestehen und offen genug, Dir Hilfe zu holen. Tatsächlich ist das der schwierigste Schritt für einen Unternehmer, wenn er mit seinem Tun in Schieflage gerät. Alles andere lässt sich regeln."

Innerhalb von zwei Wochen hatte Malte zunächst die Werkstatt besichtigt, die Bücher geprüft und eine Analyse mit dem Fazit erstellt: Skalierung zu schnell, Ausgaben und Investitionen zu hoch, schlechte Auswahl von Personal, Interesse der Kundschaft flüchtig. Aber die Idee war gut, sie brauchte nur ein kaufmännisch tragendes Fundament.

Also hatte Malte mit Dennis zusammen die Idee in ein vernünftiges Business-Modell gewandelt und eine Strategie ausgearbeitet, wie Dennis das Ruder herum reißen und doch noch erfolgreich werden konnte. Sogar den windigen und überteuerten Kredit konnte Dennis mit Maltes Hilfe über eine seriöse Bank ablösen und in eine günstigere Rückzahlung wandeln.

Dann stellte Malte seine nicht unerhebliche Rechnung.

Malte hatte gute Arbeit geleistet, doch Dennis zahlte nicht. Auch nicht nach der Erinnerung und nach der Mahnung ebenfalls nicht. Nachdem Malte rechtliche Schritte androhte, erschien Dennis höchstpersönlich bei „Grote Coachings".

„Tach auch", grüßte er nachlässig.

Malte nickte kurz mit knapp angedeutetem Lächeln.

„Hier. Deine Rechnung bezahl ich nich." Mit diesen Worten ließ Dennis sämtliche Schreiben von Rechnung, Erinnerung, Mahnung und Androhung auf Maltes Schreibtisch flattern.

Malte blieb gelassen. „Warum nicht?"

„Das kanns Du als Entschädigung für entgangene Ausbildungschancn für mich verbuchn. Genau."

„Warum sollte ich so etwas tun?"

„Wie Du weiß, is mein Familienname Fink. Ich bin der Sohn von Fabian Fink. Klingelt da was?"

In den Tiefen von Maltes Erinnerungen regte sich tatsächlich etwas. „Dein Vater war mal mein CEO bei Mangold Sax, als ich dort im Vorstand war."

„Genau. Und er is wegen **Deiner** Börsen-Failurs zum Bauernopfer gemacht worn und aus seim Job geflogn."

Malte bestritt nichts. „Er wurde großzügig abgefunden."

„Hat aber nie mehr irnxwo Fuß fassn könn. Hat das ganze Geld verspielt und angefang zu saufm. Mein Mutter hat sich die Augn aus dem Kopf geheult. Und ich hab nie 'ne gescheite Ausbildung machn und schon gar nich studiern könn."

„Das tut mir sehr leid für Eure Familie. Aber was hat das jetzt mit meiner unbezahlten Rechnung zu tun?"

„Hab ich doch schon gesagt: Das is Deine Entschädigung für mich. Genau."

„In Deinem Denken läuft etwas schief."

Diese kryptisch zusammen gefasste Essenz verstand Dennis nicht. „Häh?"

Malte ließ sich tatsächlich zu einer tieferen Erklärung hinreißen. Er grinste innerlich. Langsam setzte wohl die Altersmilde ein …

„Jeder ist für sein Tun und Lassen selbst verantwortlich. Für die schwachen Handlungen Deines Vaters kann ich nichts. Das waren seine Entscheidungen. Dass Du keine vernünftige Ausbildung erhalten hast, war zwar nicht förderlich, aber als erwachsener Mann liegt es in Deiner Macht, so etwas selbst in die Hand zu nehmen.

Du hast Dich für Deine Kreativität entschieden, ohne dabei zu beachten, dass zum Führen einer Firma kaufmännisches Wissen und Geschick erforderlich sind. Um aus Deinen Fehlern zu lernen, bist Du zu mir gekommen, und ich habe Dir mit all meinem Wissen und Können geholfen."

Dennis japste nach Luft und wedelte mit seinem Zeigefinger vor Maltes Nase herum. „Genau! Und das war auch Deine verdammte Pflicht und Schuldichkeit. Das steht mir eimfach zu. Dafür zahl ich nich. Verklag mich doch."

Malte ging auf diese dumme Provokation nicht ein. „Hinfallen kann jeder mal. Das Aufstehen ist wichtig. Das muss allerdings jeder alleine tun. Ich werde Dich nicht verklagen. Aber wenn Du die Haltung Deines Geistes nicht änderst, wirst Du auch in Deinem Leben nichts ändern."

Während Malte ruhig sprach, hatte er die Rechnungsblätter gebündelt, einen Filzstift genommen und schrieb nun dick und rot quer darüber:

DU EIERLOCH!

„Hier. Ich buche die Rechnung aus. Und Du verlässt jetzt mein Büro." Mit hochgezogener linker Augenbraue schob er noch hinterher: „Genau."

Diesen fiesen, kleinen Verbalquatsch konnte Malte sich bei aller neu gewonnenen Altersmilde dann doch nicht verkneifen.

75

Einige Jahre darauf zogen Jule und Malte endgültig den Ruhestand vor. Sie lösten die Yoga-Schule und das Coaching-Büro auf.

Liam war inzwischen einer der führenden Unterwasserarchäologen, hatte etliche, vielbeachtete Veröffentlichungen lanciert sowie ein Buch zum Thema geschrieben, sich einen Doktortitel erarbeitet, und seine Habilitation stand kurz bevor. Auch Dinah war rege an sämtlichen Arbeiten und Unternehmungen beteiligt. Sie leitete den Ausbildungszweig der Unterwasserarchäologie.

Ihre Zwillinge Leon und Leonie waren gerade einge-
schult worden. Die junge Familie wohnte ganz in der
Nähe in einer großen Altbauwohnung.

Jule überschrieb ihr schönes, altes Haus mit dem großen Garten in Berlin Liam. Der freute sich zwar riesig
über diese Großzügigkeit, wunderte sich aber und fragte nach: „Ist alles in Ordnung mit Euch?"

„Alles gut bei uns. Und – keine Angst, wir wollen kein
Altenwohnrecht hier im Haus." Malte grinste.

„Wo wollt Ihr denn dann hin? Ich dachte, Ihr bleibt hier
wohnen. Groß genug ist das Haus ja für uns alle."

Malte freute sich. „Danke. Aber Deine Mutter und mich
zieht es zu unseren Wurzeln in die grünen Hügel des Vogelsberges. Das Haus Deiner Großeltern wird auch nicht
mehr von meinen Mietern bewohnt. Es ist wieder frei,
und wir beide wollen es nun selbst nutzen."

„Was? Ihr wollt freiwillig ins Hessish Out-Back? Das ist
prima für Ferien, aber im Alter dort leben? Da ist doch
nichts."

Malte erinnerte sich lächelnd. „Oh, Du würdest Dich
wundern, was die Landmenschen alles so an Aktivitäten
veranstalten ..."

Liam guckte skeptisch.

„Liam, große Bühne, Glamour und Kultur hatten wir alles hinreichend. Wir brauchen jetzt Ruhe, Authentizität
und Natur."

Bald darauf war alles im Haus umgebaut und Jule und Malte zogen um.

Und sie genossen ihre Zeit in dem kleinen, idyllischen Dorf mit der uralten Kirche in den grünen Hügeln am Rande des Vogelsberges. Mit ihnen wohnten dort jetzt genau 237 Menschen, 312 Kühe, 86 Schafe, 53 Pferde sowie jede Menge Hunde, Katzen und Hühner. Auch den Kindergarten gab es noch.

Jule und Malte machten ausgedehnte Spaziergänge durch die grünen Hügel und über die ausgedehnten Weiden. Otto Baum, weilte inzwischen bei Maltes Eltern. Sohn Bernhard lebte mittlerweile auf dem Altenteil des Hofes. Den Baum'schen Bauernhof führte jetzt dessen Sohn Maxe. Der hatte zwar einige Veränderungen vorgenommen, aber die Highland-Rinder hielt er immer noch. Auf der Weide stand der Galloway-Bulle Ferdinand II. Wie sein Erzeuger war er ein beeindruckend kräftiger Kerl, trabte aber jedes Mal an, sobald er Jule und Malte erblickte und ließ sich zutraulich die Stirn kraulen.

Dann kam das immer noch übliche Haxn-Fest.

An einem schönen Herbsttag, an dem die Sonne wie auf Bestellung warm vom blauen Himmel strahlte und alles Laub bunt und golden leuchten ließ, wurde wie früher das Backhaus angeheizt, die Landfrauen buken Brot und Kuchen, die Metzger hatten dicke Haxen vorbereitet, die nun zischend und gut gewürzt über dem Grill brieten.

Draußen im Hof des großen Dorfgemeinschaftshauses wurden Tische und Bänke aufgestellt, das Bierfass angestochen, und eine regionale Band brachte Stimmung und Schwung.

Auch Jule und Malte gingen hin. Plötzlich schlug ihnen jemand von hinten auf die Schulter: „Mensch, Malte, Jule, dass Ihr wieder hier in unserm kleinen Dörfchen lebt …"

Malte grinste: „Tja, kennst ja die Geschichten ums Leben – im Alter gerne ‚back to the roots'."

Sie begrüßten einander und Dennis legte einer Frau die Hand auf den Rücken, die ebenfalls zu ihnen getreten war. „Kennt Ihr Becka noch? Die is meine Frau. Wir haben auch einen Sohn – ach, da is er ja! Hallo, Kevin, komm mal her!"

Dennis winkte einen baumlangen Kerl mit dunklem Bart heran. Der kam breit grinsend mit einer zierlichen Frau an der Hand und einem kleinen Mädchen auf dem Arm zum Tisch.

„Hab ihm die Firma und das Haus übertragen. Becka und ich lassen's uns jetzt auf dem Altenteil gut gehn."

Sie lachten, aßen und tranken miteinander und tauschten fröhlich Neuigkeiten aus der Vergangenheit aus. Es schien, als hätten die beiden Streithähne ihr Kriegsbeil begraben.

Ab und zu mutete es Malte an, als ob Dennis Jule intensiver anschaute, sie häufiger im Gespräch wie beiläufig berührte, als er es bei seiner Becka tat. Malte beobachtete Dennis genau, konnte aber zu keinem greifbaren Vorwurf gelangen. Zart wischte durch Maltes Hirnwindungen ein trotziges, vom Alkohol leicht rötlich gefärbtes: „Eierloch bleibt Eierloch." Aber er sagte es nicht laut.

Das Leben verlief nun in sehr ruhigen Bahnen. Malte und Jule liebten es, gemeinsam im Garten zu sitzen,

Kaffee zu schlürfen und Händchen haltend die warmen Strahlen der goldenen Nachmittagssonne zu genießen.

Oftmals erfüllten die mystischen Klänge von Pink Floyd die Räume des Hauses. Dann standen Malte und Jule im großen Wohnzimmer, hielten einander eng umschlungen, wiegten sich im Rhythmus und schwelgten in den Farben der Töne und Resonanzen.

An manchen Wochenenden und in den Ferien kamen Liam und Dinah mit Leon und Leonie zu Besuch. Die beiden Teenager-Zwillinge rannten dann mit Familienhund Ede um die Wette durch den großen Garten. Beide waren fasziniert von den Geschichten, die Oma und Opa aus China und Amerika zu erzählen wussten.

Als Malte und Jule ihnen allen wieder mal zum Abschied winkten, fragte Jule: „Sag mal, waren wir früher auch so brav wie unsere Enkelkinder?"

„Nö", meinte Malte, „wir waren rebellisch und sehr eigen. Die heutigen Teenies scheinen mir ein wenig zu angepasst an den mainstream."

„Naja, die Zeiten ändern sich, vielleicht werden ja doch noch anständige Rebellen aus ihnen." Jule grinste hoffnungsvoll.

Eines Vormittags rief Jule Malte zu sich in den Garten. Bevor er hinaus ging, zog er sich schnell seinen roten Sweater über. Es war doch noch ziemlich frisch an diesem Morgen. Jule stand am Hochbeet und erntete die prägnanten Blätter des Lollo Rosso.

„Was gibt es denn?"

Jule lächelte und legte den Finger vor den Mund: „Pst, sei leise und hör mal genau zu."

Malte stand still, lauschte – und schmunzelte.

Vom Kindergarten tönte ein seltsamer Sing-Sang herüber: „Fang mich doch, Du Eierloch! Fang mich doch, Du Eierloch!" Und immer so weiter.

85

Dumpf klang die Glocke der uralten Kirche. Malte fühlte sich wie in einem bösen Traum, denn wieder einmal stand er auf dem Friedhof des kleinen Dorfes. Dieses Mal wurde er gestützt durch Liam und Dinah, die ihn beide seitlich untergehakt hielten. Leon und Leonie sahen zwar beide recht erwachsen aus, weinten aber wie die kleinen Kinder.

Die Beerdigung war schier erdrückend. Das ganze Dorf nahm Abschied von Jule. Und jeder hatte etwas zu sagen. Jeder nahm Malte in die Arme, drückte ihn oder zumindest seine Hand. Malte nahm alle Bekundungen stumm und kalkweiß im Gesicht entgegen. Ohne Liam und Dinah wäre er völlig verloren gewesen.

Nach den Trauerfeierlichkeiten und Formalitäten wollte Liam, dass Malte mit nach Berlin zurück kehrte.

Aber Malte weigerte sich strikt. „Nein, Liam, ich gehe nicht mit Euch. Ich bleibe auf jeden Fall hier. Hier ist mir Jule nah. Außerdem bin ich körperlich und geistig fit. Es besteht also kein Grund, sich zu sorgen."

Die darauf folgenden Wochen wanderte Malte ruhelos in Haus, Garten und Dorf umher. Manchmal saß er mit einem Becher voll dampfenden Kaffees auf der Bank im Garten, spürte Jule neben sich, hörte den Hall ihrer Stimme und den samtigen Klang ihres Lachens. Er vermisste sie fürchterlich.

Eines Vormittages ging er sie auf dem Friedhof besuchen. Mit roten Tulpen, die sie so geliebt hatte. Als er durch das Tor trat, sah er jemanden an ihrer Ruhestätte stehen. Beim Näherkommen erkannte er Dennis.

„Hallo, Dennis."

„Oh, hallo, Malte." Verstohlen wischte er sich die Augenwinkel.

Maltes linke Augenbraue zuckte aufwärts. „Was machst Du hier?"

„Ich – äh – hab Jule besucht."

„Warum?"

„Ich – äh – komm manchmal her und red mit ihr."

„Du hast selber eine Frau hier auf dem Friedhof. Geh und rede mit Becka." Malte wurde ärgerlich.

Dennis reagierte trotzig: „Ich kann reden, mit wem ich will. Und manchmal red ich eben mit Jule."

Malte versuchte ruhig zu bleiben. „Nochmal: warum?"

„Weil ich sie nie vergessen hab. Weil sie immer freundlich war. Weil ich sie vermisse. Verdammt, und weil ich sie geliebt hab!" Es purzelte Dennis einfach so aus dem Mund.

„Bist Du blöd? Was war mit Becka?"

„Becka war zweite Wahl", knurrte Dennis.

Dermaßen viel Respektlosigkeit widerte Malte an. So fest er konnte, schlug er Dennis die roten Tulpen ins Gesicht und brüllte dabei: „Du Eierloch!"

Dann drehte er sich um und stapfte davon.

⌘

Eines Abends lag Malte im Bett, umhüllt von seiner kuschelig warmen Daunendecke. Viele Erinnerungen kamen an jenem Abend heran geflogen, Bilder, Klänge und Farben aus seiner Vergangenheit, der Duft von Sommergras. Der Hauch eines Streichelns von Jules Hand auf seiner Wange. Ach, Jule …

Langsam dämmerte Malte in Schlaf und Traum.

Dann trieb er irgendwo im dunklen Nichts. Zarte, kleine, helle Pünktchen sausten um ihn herum und verdichteten sich langsam um die Silhouette einer Gestalt, die auf ihn zu schwebte.

Ein weiter Mantel mit Kapuze umhüllte sie weich. Die Frage nach dem „Wer?" wurde beantwortet, ehe Malte sie stellen musste.

Langsam und bedächtig präsentierte sich der Ankömmling: „Ich bin einer der Dunklen Diener des Großen All-Einen. Erinnerst Du Dich? Ich werde Dich nun in die Karmischen Gefilde begleiten. Und heute bleibt Dir keine Wahl."

Es war wie damals, kurz nach seinem schweren Herzinfarkt. Malte fühlte sich hilflos in seinem Schwingungszustand. Aber trotzdem wehrte er sich wieder dagegen, dass dieser dunkle Bursche sich seiner bemächtigte.

„Wenn Du glaubst, dass ich dieses Mal Deine spirituellen Quizfragen beantworte, bist Du aber mächtig auf dem karmischen Holzweg, Du Dunkler Diener des – was?"

„– des Großen All-Einen", ergänzte der Dunkle Diener.

Malte schnaubte, wollte ihm schon sein berühmt-berüchtigtes „Eierloch!" entgegen schmettern, doch dann merkte er, dass etwas anders war als damals. Jule war da. Und seine Eltern. Und Blümchen. Jule – sehnsuchtsvoll ergriff er ihre Hand, die sie ihm entgegen streckte, und ein tiefer Friede breitete sich in ihm aus.

Ohne weiteren Widerspruch nickte er dem Dunklen Diener zu, der ihm gar nicht mehr so düster schien. Und in Begleitung von Jule, seinen Eltern und Blümchen schwebte Malte einem hellen Licht entgegen. In diesem Licht lösten sich Malte und seine Begleiter auf.

Maltes Seele fühlte sich von der Wärme des Großen All-Einen umfangen.

Dann formten sich Worte in seinem Inneren: „Sei gegrüßt, kleine Seele. Willkommen daheim in den Karmischen Gefilden aus Deinem Malte-Leben."

„Danke", antwortete die kleine Seele Malte und wusste auch im selben Moment, was es mit den Karmischen Gefilden auf sich hat – sie sind die Heimat aller Seelen, aller geistigen Führer, aller Götter aus allen Religionen und Glaubensrichtungen. Eben das Große All-Eine.

Hier, in den Karmischen Gefilden, existiert keine Körperlichkeit und keine lineare Zeitebene. Hier bewegen sich Alle und Alles in einem Bereich, wo die Begrenzungen des menschlichen Empfindens von zeitlichen und räumlichen Dimensionen aufgehoben sind. Wo es kein Gestern, kein Heute und kein Morgen gibt, sondern nur den Augenblick – das Jetzt.

„Was hat Dich das Leben als Malte gelehrt?", will das Große All-Eine wissen.

„Warum fragst Du? Bist Du nicht allwissend?"

„Doch, aber ich möchte es von Dir hören."

„Nun, in diesem Leben habe ich Vieles erfahren, aber das Herausragendste ist für mich die Liebe zu Jule, die Schwierigkeiten der unterschiedlichsten Art bewältigt hat."

„Sehr schön. Was noch?"

„Naja, Du weißt schon …", versucht die kleine Malte-Seele sich vor einer direkten Antwort zu drücken.

„Klar, weiß ich. Sag's mir trotzdem. Formuliere es mit Deinen Worten."

„Naja, die Sache mit dem ‚Eierloch'. Die hat mich mein ganzes Malte-Leben begleitet. Und Dennis. Dennis mit zwei ‚n'. Immer war irgendein Dennis da, der mich herausgefordert hat."

„Und der Dir die Gelegenheit geboten hat, Dich über ihn zu ärgern."

„Ja."

„Erinnerst Du Dich an die Aufgabe, die ich Dir beim letzten Mal in Dein Leben mitgegeben habe?"

„J-ja", kommt es zögerlich.

„Und? Wiederhole bitte."

Fügsam zitiert die kleine Seele: „Ärgere Dich nicht. Geschehenes bleibt in der Welt und Zeit der Menschen geschehen, ob Du Dich ärgerst oder nicht. Die Dinge sind dort wie sie sind – sie sind nicht schlecht und auch nicht gut. Nur Deine ureigene Betrachtungsweise und Lebenseinstellung macht die Dinge für Dich gut oder schwierig."

Das Große All-Eine seufzt. „Ja-ha. Und? Bist Du der Meinung, dieser Aufgabe gerecht geworden zu sein?"

„Hmm, tja, wohl nicht so ganz."

„Dem ist leider so. In allen Lebenslagen hast Du Dich ärgern lassen und Dein Gegenüber als ‚Eierloch' beschimpft. Bis zum Schluss. Die armen roten Tulpen konnten nichts dafür."

Die kleine Seele ist sehr zerknirscht.

„Nun, meine liebe, kleine Seele. Dafür darfst Du jetzt selbst die Erfahrung machen ein Eierloch zu sein – ein erneutes Leben sei Dir beschieden."

Und in einem roten Funkenschauer regnet die kleine Seele hinaus aus der lichten, heimeligen Wärme der Karmischen Gefilde, wo Zeit und Raum keine Bedeutung haben, in ein neues Leben auf einer (parallelen?) Erde, in einen neuen Körper, in ein neues Sein.

Mary Ann schrie laut. Und lang. Mit dem letzten Ton presste sie ein neues Leben aus ihrem geschundenen Körper. Der stolze Vater Fred nannte das vierte ihrer Kinder Donald …

Metaré Hauptvogel

Mit ihrem Mann und der Australian-Shepherd-Hündin Mocca liebt und lebt sie in den grünen Hügeln am Rande des Vogelsberges. Gemeinsam führen sie eine Ausbildungsstätte für alternative Heilmethoden: „SonnenGeflecht – Seminare und Ausbildungen für Expeditionen ins Leben". www.sonnengeflecht.eu

Einen Schwerpunkt in ihrem kreativen Tun ist die Malerei – mit Öl, Acryl oder Mondeluz auf Leinwand, Holz oder Stein, stets in Verbindung mit einem Gedicht oder Haiku.

Das Schreiben begleitet ihr Leben und künstlerisches Arbeiten schon fast ihr ganzes Leben lang. Mit 12 Jahren begann sie kleine Gedichte und Geschichten zu schreiben. Viel später entstand das erste Buch – „Kalorien in der Pfeife".

Auch diese Kurzgeschichte entstammt den unendlichen Weiten ihres Phantasieuniversums. Begebenheiten und Personen sind von α bis Ω erfunden, aber auf ihrem Schreibtisch werden sie lebendig, entwickeln ihre Eigenheiten und freuen sich darüber, dass sie Spuren hinterlassen dürfen.

Eventuelle Ähnlichkeiten mit wem oder was auch immer wären also total zufällig und in keinster Weise beabsichtigt.